La croix des pauvres

FichesdeLecture.com

La croix des pauvres
(Fiche de lecture)

I. INTRODUCTION

L'auteur

Pierre Davy est né en 1939. À l'âge de 23 ans, il part en Algérie et est sous-lieutenant de réserve à Oran. Cette expérience lui a d'ailleurs inspiré son premier roman, « Oran 62. La rupture ».

À partir de 1963, il part enseigner à l'étranger, il commence par le Cambodge, puis se rend aux Antilles et enfin en Éthiopie, où il fut responsable du département de l'ONU pour l'Afrique. À son retour en France, il devient inspecteur pédagogique dans les écoles d'Agriculture. Il a écrit de nombreux romans pour la jeunesse comme « L'Écho des cavernes ».

L'œuvre

« La croix des pauvres » est publié en août 2008 aux éditions Nathan. L'action se passe au Moyen-âge au temps des croisades. Le jeune serf Mathieu est contraint de fuir. Il y a un second tome, « L'épée des puissants » paru en 2009.

II. RÉSUMÉ DU ROMAN

Nous sommes en hiver 1096, en Auvergne. Le jeune Mathieu Boveret marche vers le nord. C'est un serf, il n'a pour seul bagage qu'un baluchon sur l'épaule et un lourd bâton à la main. Comme son père, sa mère et sa jeune sœur, il est la propriété du comte de Vaugremont et devra toute sa vie travailler la terre de son seigneur.

On apprend qu'il est en fuite, l'intendant du château veut qu'il devienne palefrenier, domestique au château. Mais Mathieu a refusé considérant que ce travail l'asservirait plus encore. Il est alors contraint de prendre la fuite car son refus fait de lui un hors-la-loi, mais il veut aussi être libre. Il porte une petite croix de bois que lui a donné sa sœur Mathilde pour le protéger.

Dans sa fuite, il bouscule un garde-chasse, Tortegoule qui l'a reconnu, ce dernier meurt de la chute provoquée par Mathieu. Il est à présent meurtrier et rejoint malgré lui une troupe de brigands menée par un noble déchu, Thibault de Cercy. Puis ils croisent une foule de pauvres gens qui se dirigent vers Jérusalem pour trouver leur salut et conquérir leur liberté, ils prennent alors le chemin de la croisade.

Il fait la connaissance d'une belle jeune fille aux yeux verts et tombe amoureux d'elle, mais elle refuse de lui donner son nom, il l'appelle Madeleine. Le chemin des Croisades est parcouru par des milliers d'hommes et de femmes pour délivrer Jérusalem des Mahométans et de la rendre aux Chrétiens.

La troupe de Mathieu est rebaptisée les Compagnons de la Sainte Croix. Puis Thibault fait graver l'avant-bras de ses « hommes » la croix que celle qu'il porte sur le visage, signe de leur liberté.

Mathieu devient ami avec le Borgne, ce dernier s'appelle ainsi car il a perdu son œil lorsqu'il était jeune. Un seigneur et son écuyer lui ont demandé de l'eau et comme il ne les a pas servis assez rapidement, ils se sont battus et le Borgne a tué les deux hommes.

Au cours de leur parcours, ils sont mal accueillis et chassés des villes. Les habitants ont peur qu'ils pillent et volent. Le moine Tersissius suggère alors d'emprunter un chemin différent des autres croisés. Thibault propose à Mathieu de devenir son écuyer car il lui a sauvé la vie. Le moine Tersissius apprécie également Mathieu.

Mathieu a l'impression de ne tuer des personnes sans cesse. Tandis que Tersissius s'interroge sur le bien-fondé des crimes qu'ils commettent au nom de Dieu. Il décide de rester à Constantinople et rejoint une communauté spirituelle.

Alors qu'ils se rapprochent de Jérusalem, les Turcs les combattent et les empêchent d'atteindre la Terre Sainte, ils se replient à Constantinople. Au moment de mourir, Thibault demande alors à Mathieu de prendre son identité, il devient ainsi chevalier. Thibault lui confie sa bague et lui demande de retourner à la fin de la croisade en Bourgogne pour aller voir Guermande de Cercy. Alors que Mathieu pourrait quitter la croisade il continue pour retrouver Madeleine.

La fin du roman est ouverte car Mathieu retrouve Terissius, il lui confie leur échec à Civitot et parle avec lui de l'avenir. Tersissius lui prédit un avenir exceptionnel, un destin nouveau, peut-être terrible, attend les croisés. Pour ceux qui délivreront Jérusalem, tous les miracles seront possibles.

III. ÉTUDE DU PERSONNAGE PRINCIPAL

Mathieu Boveret

C'est le personnage principal, au début du récit c'est un jeune homme qui va avoir dix-huit ans en fuite, il se remémore les raisons qui l'y ont poussé. En tant que fils du bouvier Clément Boveret, c'est un serf du comte de Vaugremont, il lui appartient. Il cultive la terre et est soumis à une corvée de charroi de pierres.

Un jour on lui propose de devenir palefrenier, mais de nature rebelle il refuse car il considère que ce travail l'asservirait plus encore. Il est alors contraint de prendre la fuite car son refus fait de lui un hors-la-loi, mais il veut aussi conquérir sa liberté. Il porte une petite croix de bois que lui a donné sa sœur Mathilde pour le protéger. Sa mère la maudit et son père, malade, l'encourage car il préfère le savoir libre. Physiquement, il est plus grand et fort que la plupart de ses semblables, il est assez beau. Au début il hésite à fuite pour tenter de protéger sa famille.

Dans sa fuite, il bouscule un garde-chasse, Tortegoule qui l'a reconnu, ce dernier meurt de la chute provoquée par Mathieu. Il est à présent meurtrier et rejoint malgré lui une troupe de brigands menée par un noble déchu, Thibault de Cercy. Puis ils partent en croisades.

Il fait la connaissance d'une belle jeune fille aux yeux verts et tombe amoureux d'elle, mais elle refuse de lui donner son nom, il l'appelle Madeleine et devient ami avec le Borgne. Thibault propose à Mathieu de devenir son écuyer car il lui a sauvé la vie. Mais aussi parce qu'il se distingue des autres, en effet pour Thibault Mathieu est capable de réfléchir, il trouve qu'il raisonne bien. Ils parcourent un long chemin pour acquérir leur liberté en atteignant la Terre Sainte et en la délivrant.

Mathieu a l'impression de tuer d'autres personnes sans cesse. Alors qu'ils se rapprochent de Jérusalem, les Turcs les combattent et les empêchent d'atteindre la Terre Sainte, ils se replient à Constantinople.

Thibault demande alors à Mathieu de prendre son identité, il devient ainsi chevalier. Au moment de mourir, Thibault lui confie sa bague et lui demande de retourner à la fin de la croisade en Bourgogne pour aller voir Guermande de Cercy. Alors que Mathieu pourrait quitter la croisade car c'est un chevalier il continue pour retrouver Madeleine. Il redoute aussi la réaction des parents de Thibault s'il se présentait à eux puisqu'il est plus jeune que lui et n'a pas de cicatrice sur la joue.

Au cours du récit et de son voyage, Mathieu se montre très courageux, mais surtout il est à la recherche de son identité et de sa liberté. Il parle beaucoup avec le moine Tersissius. Il lui fait part de ses interrogations notamment sur le schisme chrétien, mais aussi sur le bien-fondé des crimes qu'ils commettent au nom de Dieu. À la fin du récit, ils se retrouvent et parlent ensemble de l'avenir. Tersissius lui prédit un avenir exceptionnel.

IV. AXES DE LECTURE

Un roman historique

Un roman historique est un roman qui a pour toile de fond un ou plusieurs épisodes de l'Histoire. L'auteur a fait des recherches historiques pour écrire ce récit qui se déroule au Moyen-âge lors de la première croisade.

L'action se passe au XIe siècle marqué par le régime de féodalité. La société médiévale est caractérisée par certaines constantes : le poids de la religion, la forte hiérarchisation sociale qui se traduit, pour les individus et les groupes, par des signes extérieurs contribuant à maintenir chacun à la place qui lui est assignée dans une société que l'on représente divisée en trois ordres : ceux qui prient, ceux qui combattent et ceux qui travaillent.

L'auteur emploi beaucoup de vocabulaire lié au Moyen-âge via les descriptions des paysages et des modes de vie, mais aussi à travers le langage. Il emploie des mots comme « serf », « écuyer », « manant » pour caractériser Mathieu. En tant que serf, il n'est pas libre, il est la propriété d'un seigneur.

L'auteur dénonce la dure condition de vie des paysans, en effet on découvre la vie quotidienne des serfs faite de soucis, de travail, de crainte, partagée entre la peur des guerres, de la famine et des épidémies.

Cette société nous apparaît violente puisqu'à partir du moment où Mathieu n'obéit pas il doit fuir, il est hors la loi. Dans sa fuite, il bouscule un garde-chasse, Tortegoule qui l'a reconnu, ce dernier meurt de la chute provoquée par Mathieu. Il est à présent meurtrier et rejoint malgré lui une troupe de brigands.

À travers Mathieu, on découvre que le serf n'est pas libre physiquement et dans ses choix. Il est d'ailleurs maudit par sa mère lors de sa fuite, mais encouragé par son père qui aurait aimé que ses enfants soient libres.

Un autre facteur participe à partir du XIe siècle, à l'évolution profonde de la société, il s'agit du développement des villes et du commerce. Le monde des campagnes subsiste, mais la société urbaine débute imposant un nouveau modèle social. Ces bouleversements affectent le statut et les conditions d'existence du peuple.

La première croisade

Le jeune héros du récit fait partie de la première croisade. Les croisades du Moyen Âge sont des pèlerinages armés prêchés par le pape pour aller libérer la Terre Sainte. La première croisade débute en 1095, elle se marque par une forte participation populaire, c'est-à-dire constituée de milliers de pèlerins piétons.

Depuis trois siècles, il y avait pourtant un équilibre en Terre sainte entre les Byzantins à l'Ouest et les Arabes à l'Est. Mais le peuple turc s'empare de Jérusalem et commence à persécuter les pèlerins chrétiens. En parallèle, on assiste à plusieurs querelles parmi les Chrétiens.

En 1095, le pape Urbain II demande aux chevaliers de partir libérer les lieux saints. Il y a un enjeu politique et religieux. La première croisade profita aux serfs. Les seigneurs qui ont besoin d'argent pour partir permettent aux serfs de s'affranchir en payant leur liberté, ils deviennent alors des vilains libres. Mais il y a aussi beaucoup de serfs qui fuient leur condition comme Mathieu. Certains s'illustrent au combat et sont choisis par un chevalier pour le servir.

La première croisade est une croisade qui s'est déroulée de 1096 à 1099, suite, entre autres, au refus intervenu en 1078 des Turcs Seldjoukides de laisser libre le passage aux pèlerins chrétiens vers Jérusalem.

Des milliers hommes partirent pour la croisade, chacun avec des motivations différentes. Les véritables croisés se mettent en route pour délivrer la ville sainte de Jérusalem, leur motivation est uniquement religieuse. Cependant il est courant que les soldats convertis profitent du voyage pour piller et voler.

Cette croisade est aussi l'occasion pour le pape de réoccuper une partie des terres perdues lors de l'expansion arabe du IXe siècle, et de rendre Jérusalem accessible au pèlerinage. Elle aboutit à la fondation d'États latins en Orient. La défense de ces États est à l'origine de l'organisation des sept autres croisades.

Les croisades deviennent des sources de découvertes et d'échanges. De nombreuses nouveautés culturelles, lexicales et artistiques sont rapportées par les pèlerins de retour en France. Le roman aborde aussi l'expansion de l'Église ainsi que les conflits religieux et leurs effets sur la culture et l'histoire mondiale.

Le courage

Le jeune héros, Mathieu fait preuve de beaucoup de courage, tout au long du récit. Dans un premier temps il refuse d'être asservi à vie et s'enfuit pour devenir libre. Puis au cours du chemin vers Jérusalem, il fait preuve de beaucoup de bravoure notamment lorsqu'il sauve Thibault.

Cette qualité rappelle celle des chevaliers et c'est d'ailleurs pour cela que Thibault veut qu'il devienne son écuyer et qu'il lui donne son identité à sa mort. Les conditions de vie des paysans sont pénibles et, bien que la vie des croisés semble aussi périlleuse, Mathieu préfère cette dernière car il est libre et peut défendre à afficher ses opinions. À la fin du récit lorsqu'il parle avec le moine Tersissius, celui-ci le considère comme son égal.

Le roman montre la dureté de la société féodale et son système social déséquilibré, mais le personnage de Mathieu, transgresse les règles, ce qui était impossible en théorie, mais avec les croisades, il est devenu un autre homme.

Le roman montre aussi le trajet que les croisés ont effectué. Ils ont parcouru un immense parcours alors que la plupart étaient à pied. Ils souffrent de la famine et de la maladie, mais aussi des combats incessants.

Dans la même collection en numérique

Escadrille 80

Inconnu à cette adresse

La controverse de Valladolid

Les Vilains petits canards

Une partie de campagne

Cahier d'un retour au pays natal

Dora Bruder

L'Enfant et la rivière

Moderato Cantabile

Alice au pays des merveilles

Le faucon déniché

Une vie

Chronique des Indiens Guayaki

Je voudrais que quelqu'un m'attende quelque part

La nuit de Valognes

Œdipe

Disparition Programmée

Education européenne

L'auberge rouge

L'Illiade

Le voyage de Monsieur Perrichon

Lucrèce Borgia

Paul et Virginie

Ursule Mirouët

Discours sur les fondements de l'inégalité

L'adversaire

La petite Fadette

La prochaine fois

Le blé en herbe

Le Mystère de la Chambre Jaune

Les Hauts des Hurlevent

Les perses

Mondo et autres histoires

Vingt mille lieues sous les mers

99 francs

Arria Marcella

Chante Luna

Emile, ou de l'éducation
Histoires extraordinaires
L'homme invisible
La bibliothécaire
La cicatrice
La croix des pauvres
La fille du capitaine
Le Crime de l'Orient-Express
Le Faucon malté
Le hussard sur le toit
Le Livre dont vous êtes la victime
Les cinq écus de Bretagne
No pasarán, le jeu
Quand j'avais cinq ans je m'ai tué
Si tu veux être mon amie
Tristan et Iseult
Une bouteille dans la mer de Gaza
Cent ans de solitude
Contes à l'envers
Contes et nouvelles en vers
Dalva
Jean de Florette
L'homme qui voulait être heureux
L'île mystérieuse
La Dame aux camélias
La petite sirène
La planète des singes
La Religieuse

À propos de la collection

La série FichesdeLecture.com offre des contenus éducatifs aux étudiants et aux professeurs tels que : des résumés, des analyses littéraires, des questionnaires et des commentaires sur la littérature moderne et classique. Nos documents sont prévus comme des compléments à la lecture des oeuvres originales et aide les étudiants à comprendre la littérature.

Fondé en 2001, notre site FichesdeLectures.com s'est développé très rapidement et propose désormais plus de 2500 documents directement téléchargeables en ligne, devenant ainsi le premier site d'analyses littéraires en ligne de langue française.

FichesdeLecture est partenaire du Ministère de l'Education du Luxembourg depuis 2009.

Plus d'informations sur www.fichesdelecture.com

ISBN: 978-2-511-03002-8

Notes :